QU'ES ACÒ

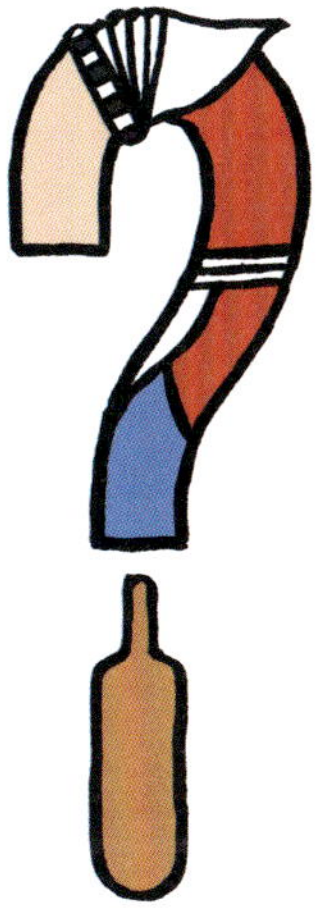

CATARINA SEGURANA

Éditions Gilletta

UNA BUGADIERA

[una bugadiéra]*

Une lavandière**.

* [Lecture phonétique simplifiée pour parler *avé l'assent* !
On accentue la partie du mot soulignée.]

** Traduction française pour apprendre facilement le nissart.

QUE TOUI LI DÌHON « LA MAUFACHA »

[qué toui li dilloun « la maoufatcha »]

Que tous appellent « la femme mal faite ».

MANEGIA LA SIEU MASSÒLA EN RIBA DE PAIOUN

[manédja la siou massola
in riba dé paioun]

Elle manie son battoir au bord du Paillon.

MA UN BOUSIN BIMBAROU VEN DEI BASTIOUN...

[ma <u>u</u>ne bou<u>zine</u> bim'<u>ba</u>rou vin <u>dé</u>i bast<u>ioun</u>...]

Mais un bruit bizarre vient des remparts...

OUM
BOUM
BOUM

LA BAÌA DEI ANGE ES CLAFIDA DE GALÈRA

[la bailla déi andgé èss clafida dé galéra]

La baie des Anges est envahie
par des galères.

ES BARBAROUSSA QU'ARRIBA !

[èss barbaroussa qu'arriba !]

C'est Barberousse qui arrive !

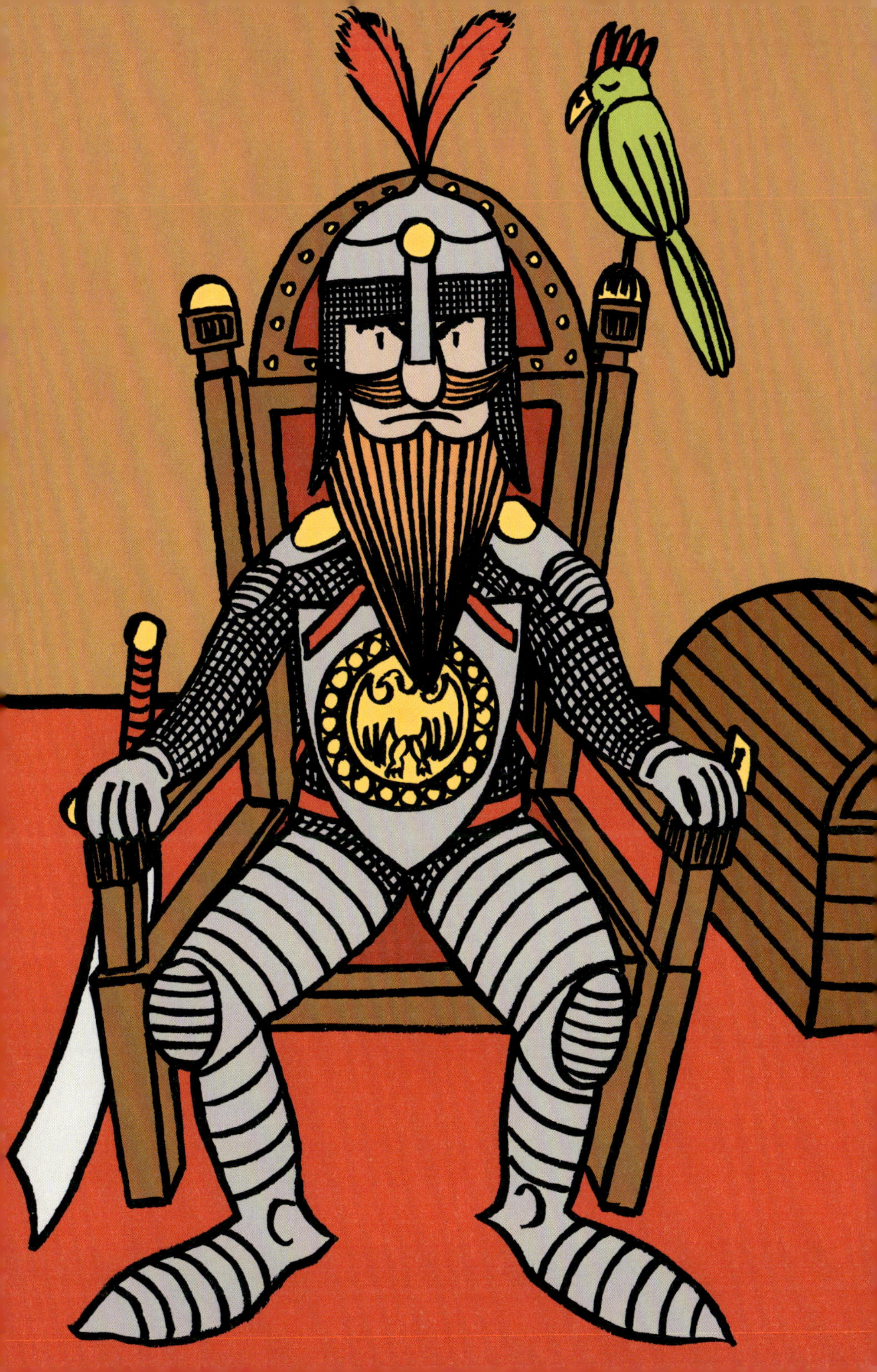

LOU CASTÈU ES EN DANGIÉ !

[lou castèou èss' in dandgié !]

Le château est en danger !

EMBE COURAGE, MOUNTA L'ESCALINADA

[imbé couradgé, mounta l'èscalinada]

Avec courage, elle monte l'escalier.

DAU SOUBRAN DE LA TOURRE SINCAIRE, SOUNA LA REVÒULTA

[daou soubran dé la tourré sin'cahiré, souna la révoulta]

Du haut de la tour Sincaire, elle sonne la révolte.

PICA !

PICA !

PICA !

[pica ! pica ! pica !]

Elle frappe ! Frappe ! Frappe !

E PILHA LA BANDIÈRA ROUGIA DAI MAN DE BARBAROUSSA !

[é pilla la bandiéra roudja
dahi man dé barbaroussa !]

Et elle prend le drapeau rouge
des mains de Barberousse !

LU ENEMIC SOUN EMBALOURDIT...

[lu énémic soun imbalourdite...]

Les ennemis sont sonnés...

E PER FINÌ, AUSSA LA SIEU FAUDILHA E...

[é pèr fi<u>ni</u> <u>a</u>oussa la <u>si</u>ou faou<u>di</u>lla é...]

Et pour finir, elle soulève sa jupe et...

QU'ES ACÒ ?

[qu'èzaco ?]

Qu'est-ce que c'est ?

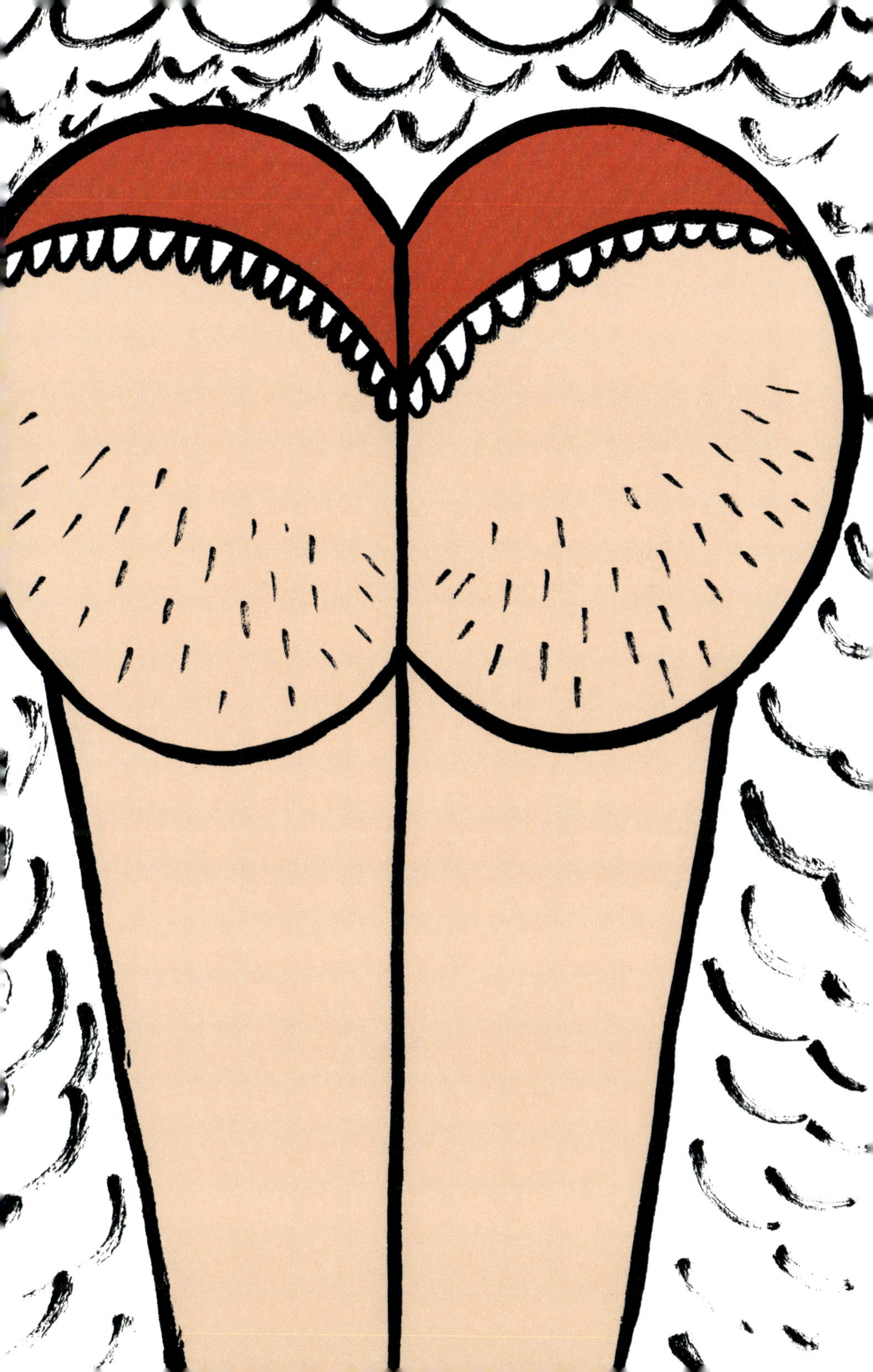

SIEU CATARINA SEGURANA, L'EROUÌNA QUE A SAUVAT NISSA E LOU SIEU CASTEÙ !

[siéou catarina ségurana, l'érouina
qué a saouvate nissa é lou siou castéou !]

Je suis Catarina Segurana, l'héroïne
qui a sauvé Nice et son château !

Remerciements

L'auteur dédie ce livre à Armel, son premier lecteur.
Il tient à remercier Robert Pittin pour sa relecture, Anthony Drouget pour ses recherches historiques sur le château de Nice, et Patrice Arnaudo pour l'avoir initié au nissart. Il exprime toute sa reconnaissance à sa *maïre*, sa maman, pour son aide précieuse.

Qui est Coun. ?

De formation designer d'objets, il se distingue aujourd'hui par ses illustrations au trait affirmé et contemporain. Passionné par l'histoire de Nice, sa ville natale, il imagine une série d'albums pour apprendre la langue et la culture niçoises tout en s'amusant.

Cet ouvrage, ainsi que ses décors, est inspiré de la véritable histoire de Catarina Segurana, héroïne niçoise qui sauva Nice lors d'un assaut franco-turc le 15 août 1543 en montrant ses fesses à l'ennemi.

Direction : Valérie Castera

Dépôt légal : 1re édition juin 2023, 2e édition octobre 2023
ISBN : 978-2-35956-181-4

214, boulevard du Mercantour – 06200 Nice
info@editionsgilletta.com – editionsgilletta.com

Editions Gilletta editionsgilletta

FSC www.fsc.org MIXTE Papier issu de sources responsables FSC® C020064

Achevé d'imprimer en octobre 2023 par Centrooffset, Italie,
avec des encres végétales, sur du papier FSC® provenant de forêts durablement gérées.